I0623317

Llorar de pie

y otras canciones a capela

Nubia Cermeño

Llorar de pie
y otras canciones a capela

LUGAR COMÚN
MEMORIAS

© Llorar de pie y otras canciones a capela
© Nubia Cermeño, 2019
© Esta edición Lugar Común Editorial
© Fragmento de la obra utilizada en la cubierta: José Dudamel

RESERVADOS TODOS LOS DERECHOS

Diseño y maquetación © 2019 Lugar Común Editorial

Ninguna parte de este libro puede ser reproducida o transmitida de manera alguna, por cualquier medio, electrónico o mecánico, incluyendo fotocopia, almacenaje de información grabada o sistemas de recuperación, sin el permiso escrito de los editores, excepto por investigadores o reseñadores, quienes pueden citar pasajes breves en un texto crítico.

No part of this book may be reproduced or transmitted in any form, by any means, electronic or mechanical, including photocopying and recording information storage and retrieval systems, without permission in writing from the publisher, except by reviewers who may quote brief passages in a review.

Library and Archives Canada Cataloguing in Publication

ISBN 978-1-987819-50-2

Publicado por Lugar Común Editorial
Ottawa, Canadá, 2019

www.lugarcomuneditorial.com
info@lugarcomuneditorial.com

Canadá

ÍNDICE

A mi madre de quien aprendi a mantenerme de pie; con la quijada erguida, la mirada firme, la fe viva y la esperanza infinita.

A mi hijo Miguel Angel, regalo de Dios.

La primera cuerda

A diferencia de muchos escritores que construyen su voz poética tras una larga actividad literaria, Nubia Cermeño transforma lo humanamente cotidiano en una obra artística que hace caso omiso de las clasificaciones formales: no es poesía ni ensayo, tampoco una colección de narraciones, simplemente piezas de escritura que expresan líricamente el devenir inexorable del yo migrante.

Llorar de pie es un libro que se caracteriza por su oralidad, por su timbre de poesía oral o *Spoken Word*, a través del cual, cargados de melancolía, humor y sentimientos encontrados, surgen recuerdos, anécdotas, autocríticas, reflexiones intimistas, y diálogos con su yo interior y con seres de su entorno familiar, social y afectivo, trazando así una suerte de mapa simbólico que se extiende entre su natal Venezuela y Ottawa, lugar de residencia desde hace más de cuarenta años. Su heterogeneidad formal y discursiva corresponde a la misma multiplicidad de emociones que súbitamente cambian de página en página. Aparecen de esta manera metáforas y descripciones que evocan momentos decisivos en su trayectoria de errante: escenas de la infancia, relaciones amorosas (a veces confusas y tragicómicas), desencantos, episodios desgarradores, luchas frontales, frustraciones sociales, … pero todo con una sonrisa, como si fuera un chiste, pues muchas de sus composiciones no están libres de interminables carcajadas. En Llorar de pie no hay que buscar una continuidad temática y formal (como en la vida real), pues la autora sacrifica las convenciones literarias para privilegiar la coherencia existencial que marca su relación con los otros: el amor, la maternidad, la familia y la praxis social.

Desde una perspectiva acéntrica, pero arraigada en su experiencia como ser social, Nubia Cermeño se hace un justo espacio en la creciente literatura en español escrita en Canadá. Coloquial, directa y sin ornamentos, su voz desgarrada asume cualquier riesgo moralista, exponiendo al desnudo sus vivencias como mujer, madre, ciudadana del mundo y militante altruista. *Llorar de pie y otras canciones a capela* (Lugar Común, 2019) es la primera publicación que recoge los escritos de Nubia Cermeño, venezolana radicada en Canadá desde 1977. Aunque se trata de su primer libro, sus poemas son bien conocidos en los entornos literarios de Ottawa y Montreal donde ha participado en el marco de los Encuentros de escritoras hispanocanadienses. A sus dotes literarias, se suma su destacada trayectoria de cantante, especialmente en la región de Ottawa-Gatineau.

Luis Abanto

La segunda cuerda

Me atrevería a decir que *Llorar de pie y otras canciones a capela* es una colección tan multifacética como la autora misma. La gran versatilidad se manifiesta en temas y estilos que van desde "trompos de gozo" a "cántaros de lágrimas", todo mesurado con una buena dosis de humor, sabiduría y humanidad. Independientemente del tipo de texto, ya sea poesía o prosa poética, Nubia Cermeño nos ofrece un todo equilibrado tanto en las alegrías y penas del amor como en las vicisitudes y angustias de las personas con las que se relaciona en su trabajo de Consejera de asentamiento migratorio.

Este libro viene a formar parte del creciente corpus de la literatura latinocanadiense enriquecida con el surgimiento de una literatura femenina que, al igual que los procesos del feminismo, hemos visto propagarse desde el así llamado mundo desarrollado. Si bien es cierto que esta producción cultural ha avanzado considerablemente en las últimas décadas y ha ganado espacios en la cultura predominante, todavía ocupa un lugar marginal entre las redes culturales más amplias donde se sitúa la literatura canadiense dominante en inglés y francés.

La diáspora chilena de los setenta significó un fuerte impulso a la literatura latinocanadiense en español, casi me atrevería a decir que constituyó la fase inicial de esta literatura, fuertemente centrada en el testimonio, en la necesidad de denunciar regímenes dictatoriales, abordando en una etapa posterior temas tan complejos y recurrentes como la identidad, desarraigo y pertenencia. Junto a la producción de obras, surgió la necesidad de crear vehículos para hacerlas llegar al público, lo que dio origen a las primeras editoriales entre las que destaca Ediciones Cordillera, creada en Ottawa. No cabe duda de que este corpus de la escritura latinocanadiense ha crecido más allá de sus raíces iniciales exílicas y sigue buscando su lugar en el entorno posmoderno y globalizado actual de Canadá con el predominio del inglés como idioma del comercio mundial y la cultura de masas, el aumento de las migraciones y desplazamientos desde países latinoamericanos, los flujos mediáticos que no reconocen fronteras nacionales, así como la integración económica en las Américas.

¿Qué aporta esta obra de Nubia Cermeño en este contexto? En primer lugar, la manera de tratar los temas. *Llorar de pie y otras canciones a capela* lleva de la mano al lector por dos mundos que operan simultáneamente en la misma realidad y que tienen validez tanto juntos como separados: "Pero eso fue antes, allá donde se quedaron las orejas y su entremedio". En sus textos no hay búsqueda de la identidad porque la dualidad forma parte de un todo coherente y aceptado. El nuevo país con su paisaje, su gente y su idiosincrasia pasa a formar parte de la identidad personal sin que eso conlleve la angustia de "la gran pérdida". Desde esa perspectiva enriquecida, Nubia puede adentrarse con humor y veracidad hacia cualquiera de los dos mundos que conforman su realidad artística, con venas por donde corre sangre, se escuchan voces y se ve al hombre o a la mujer de carne y hueso. Su mirada recorre los vericuetos de la sociedad canadiense en la cual está inmersa en forma personal y profesional. No tiene reparos en exponer las contradicciones a menudo escondidas en la abstracción de los informes que tiene que producir. Frustraciones con un sistema arcaico y obsoleto que de alguna manera pone trabas a lo que se explicita como sociedad compasiva y acogedora. La esfera invisible:

"Nunca sé dónde colocar lágrimas
Medir las angustias, archivar penas…".

A medida que nos adentramos en la lectura, nos inunda la brisa fresca que corre por las páginas. Sin lugar a duda nos enfrentamos a una escritura inusual, original en el tratamiento de los temas y, sobre todo, genuina. La lectura de los escritos de Nubia deja al lector con la agradable sensación de frescura de algo nuevo y transparente, sin la carga de lo manido en literatura. Sus temas son reales y actuales, informados por su experiencia personal como mujer inmigrante y por las vivencias de su trabajo cotidiano con una población vulnerable que busca incorporarse en el medio canadiense.

Gabriela Etcheverry

Versos desordenados
de una canción al ocio

Dormía la primera vez que me enfrenté
a la escritura.
Abrí los ojos, y del mueble al estudio ya se
había escapado.
Tuve el tiempo justo para alcanzar el lápiz
y atravesar su cuello contra la hoja.
Si el baño es mi teatro, ¿qué es el agua de la
ducha?
¿el auditorio o la música?

Pintando sobre seda paraísos escondidos
al lado de las montañas y las flores de loto
muy cerca de donde soy gusano
A ciegas puedes bañarte en el relieve y la
frescura de la madeja entrelazada
brillo combinado, balance que no te piden
ni te exigen
para extenderte en el horizonte sepia del tapiz.

Palabras a desgajo

Poeta, quiero robar unas letras a esos poemas que
escribes o arrancar de las historias que cuelgan
de los libros que tienen tu nombre las frutas
deliciosas de los mejores golpes.

Hacerlas mías
plantar mi propio huerto
la bandera de una idea

Nadar en la doctrina
moldear los miedos para vencer la rigidez
aparente detrás de todos los días.
Para esto pido las palabras.

Reemplazar el rostro sempiterno entre mis ojos
por mejores imágenes que convenzan a esta
cabeza mía, muy pronto, que es posible reescribir
el mundo que conocimos juntos.

Estos brazos escapan solos
enlazan fragancias en su nudo.
Busco con hambre acariciar el rostro rayado por el
tiempo, bajarme a las mejillas y saborear suspiros,
¡deseos!

Poeta, ¿qué se le escribe a una pretensión de
momia silenciosa, la que de llanto se revienta por
dentro cuando los pasos acelera?

El mismo que en su presencia estrella el tic tac
de arena.
Ese que se enfrenta a las alas del picaflor y asusta,
el que baja estrellas y enciende luceros es el mismo
que danza en las curvas de las notas,
¿qué le dices? ¿que se retire y no entre?

Se predica que esa es la vida
cupido sin entrañas,
pero yo deambulo
sobre un volcán sin sosiego.
Me duelen mis adentros, no me entiendo
¿tu?

Regálame unas palabras que yo pueda utilizar
para descifrar el manantial de piedras que me
ensordecen.

Quiero tus metáforas, Poeta,
para convertirlas en alegría y cantarlas en un
concierto porque no deseo un camino agotador
que se me lleve las entrañas y luego quedarme así,
sin nada adentro.

Veo un vagón de bulbos para una primavera.

Solfeo de Canaima

Me vuelvo un ocho entre que escribo notas y
busco melodías que no sean solo palabras en
mi boca, dichos, quejas con lágrimas. Pero no
sé cómo. Las notas son desconocidas, frutas
de temporada de otras geografías, alivio de
garganta de bocas foráneas. Alimento que
finalmente llega a mis manos, con sudor.

Busco con insistencia poner todas las voces en
un solo canto, decirlo todo como en el coro de
cataratas y apaciguar la búsqueda con los gritos
que trae la brizna húmeda de los ríos verticales.

Observo las melodías mirándome. No tengo
mayor ambición que capturarlas para batirlas,
moldearlas y cocerlas. Espero algún día poder
reconocer el mensaje del turpial en mi ventana,
el canto que deja un amor, un tropiezo, una
sacudida de brazo, una caída o un adiós.

Porque el canto para mí es agua, apaciguador
de sed. Es café, licor, manjar, almíbar, miel,
cereza; también sapos, saltamontes y grillos.

Envidio escucharlas en esa flor, en el lago cuando lo besa el sauce. Un desafío que me jode.

Regalar canciones es quizá regalar colores, aromas o sabores en el universo de los sonidos. Es el premio doble observar con placer el placer de quien escucha y recibe la tonada que pasea de mi boca a su sonrisa, evocando estrellas, recuerdos largamente abrazados.

Quiero que poseer las notas y sus mejores variantes para morder el mundo y regalarlo a mi manera.

Siempre la primera vez

Recordar es vivir, está dicho.
Regresas de nuevo a alguna parte.
Al vivirlo por segunda vez, por tercera o más,
estarás más vieja, más sabia y más amada.
Vuelve a soñar y aunque sean memorias
vuelve a sentir como si no lo hubieras escuchado
aún.

Conejo de madriguera

No porque te fuiste te extraño o porque no te vea te olvido, porque no te escuche me acostumbro o porque no reciba tus besos deje de pensarte a diario, de cantar tu nombre, apreciarte y soñar tu llegada. No por tener cerca tus recuerdos dejaré de alejarme.

La casa para mí sola

Cuando aprendes a vivir sola
el día entero te alcanza para un año.
Y lo aprecias.
De camino a la cocina te detienes en un paso de baile
Aprendes el verso de una canción con puntadas
a la falda
riegas las rosas con la llamada de una amiga en
apuros.
Quizá pienses que vivir sola no es buena decisión.
Saca fuerzas,
aprecia el tiempo,
piérdelo recordando con picardía algún beso
que te robaron.

Alégrate el espíritu con la hilaza del mango.
Trae alegría a esas caras tristes.
Sé tu propia compañía, y
con el vapor tostado de un café
comienza la alegría de tu nueva fiesta.
Descansa eterna siete horas.
Vuelve a empezar y saca fuerzas
que estar sola no significa soledad.

Mientras espero

Como piedra espero
me he dado cuenta

Que el timbre rompa la tarde
la luna en la puerta gire adentro
el corazón no se me derrame entre las manos

Y no te veo
los ojos,
susurros,
deseos
se metieron detrás de la ventana del río

Ya no te espero.

De cocodrilo

Lloré tanto tu ausencia que se me secaron las
lágrimas.
Fui al doctor.
Ahora que ellas ruedan sin control
siento consuelo al saber
que no son las mías realmente
sino las agüitas medicinales del gotero de la
prescripción.

Llorar de pie

Aprendí que las penas hay que llorarlas.
Idealmente, acompañadas de lluvia.
Los malos momentos son castillos de arena
que las olas llevan consigo
desaparecen las huellas a paso lento y son otras
cuando se regresan al mar.

Cada cabeza es un mundo, eso escuché
vacilan los senderos como los sentimientos
y dos ojos no ven como otros dos.

Todavía hay tiempo porque los errores
son los que nos separan de las piedras.
Todavía hay tiempo para encontrar el camino
que trazan nuestras decisiones
y porque incluso el amor se disfraza de sexo.

Cuentas de rosario

Tengo una cosecha de certezas que voy a recoger lentamente porque se ha entrelazado con alguna que otra maleza y de pronto temo recoger penas en vez de parrandas, desalientos en vez de un crucero todo-incluido, lágrimas en vez de un concierto de salsa o merengue, vicisitudes en vez de un buen polvo.

Y porque sé lo que sembré, voy a limpiar ese conuco y arrimar la mala hierba para secarla y quemarla. Siguiendo mi camino de felicidad que de pronto se convierte en un rompecabezas me apresuro a buscar las piezas antes de que aparezcan otros y quieran formar parte del juego.

Muchas lunas atrás me enfrenté a varios rompecabezas en el que perdí piezas pero que luego he ido recuperando de a poco.

Regresé muchas veces al calor de mi terruño, pero no me quedé por eso que dije sobre el amor. Y es que otras ocupaciones importantes distraían de lo que no lo era tanto, pero sí. Por supuesto, hay que tener una cuenta, la hipoteca, el carro, el *RRSP* y el lote en el cementerio.

Yo siempre, de testadura, soñaba con un viaje a casa, un sancocho de cabeza de pescado, tostones, yuca frita y mar. Por supuesto, no había compatibilidad, pero sí había concesiones que hacer que aprendí con los años. Hubo una buena intención en los tratados de este libre y mutuo acuerdo, ese del que hablo, que mal se le llama amor.

Bailamos y cantamos sobre la hipoteca, fuimos a la universidad y paseamos en las cuatro ruedas, no sé qué pasó con el RRSP, y del lote me sacaron del registro;
allí mismo lloramos a mi exsuegra. Encontré las piezas del rompecabezas, me costó que jode, pero las encontré. Y lo del lote en el cementerio que tanto me preocupaba, no lo necesitaré por ahora.

Siempre fue mi deseo aprender a nadar. Nunca es tarde. Cumpliré el sueño de entrar desnuda al Adriático. Nada traje a este mundo y nada voy a llevarme, estoy de acuerdo con mamá.

Mi prima que no lo es... ¿o sí?

Quiero mucho a mi prima, que no es mi prima, pero sí la sobrina de mi tía, que tampoco es mi tía, pero ella sí es su verdadera sobrina. Mi prima nació con la bandera de la paciencia; habla tan pausado que alteró a los ladrones la vez que le pidieron que sacara todo lo que tenía en la cartera. Terminaron por irse sin robarle nada. Camina con lentitud y revuelve la harina pan con cuchara de palo. Ella no se altera, ni cuando protesta contra los políticos corruptos. Un día la escuché caceroleando y juro que pude identificar el sonido de su perola entre todos los ventanales del edificio. Cuando hablo con ella, que lo hago muy a menudo desde esta larga distancia, tengo que dedicarle minutos extras. Como buena profesora, se gasta un admirable vocabulario. Sus conocimientos, por supuesto, hacen un manjar de nuestras charlas.

Ayer me sorprendió. Fui yo quien le decía para, para, chica, no hables tan rápido. Pero ella aceleraba su tortuga, subiendo de revoluciones las quejas. Me contó de la falta de medicinas.

Las tremendas colas para comprar lo que *haya*, el corte diario de la luz, los días seguidos sin agua, los atropellos de la policía con los estudiantes, los muertos en las minas del Callao, los estudiantes enterrados vivos en el local que pertenecía a la Universidad Central y que ahora lo ocupan como cárcel, la nueva policía privada del gobierno.

Me dije, algo le sucede a mi prima, ¿estará cambiando por lo de la tercera edad? La fui a visitar para cerciorarme en persona de los cambios. Comenzó por contarme acerca de mi madrina, su tía, hermana de su papá, y de quien yo aprendí mucho cuando chiquita. Siempre tenemos temas muy variados y nos explayamos en ocurrencias. Esta vez, hablábamos de mi madrina. Era mi madrina muy calladita, le encantaba la música, bailaba de una manera perfecta, marcaba los pasos, estudiaba sus movimientos, calculaba el espacio, se deslizaba entre la gente como gacela; no se rozaba nunca con nadie, no molestaba a los otros bailarines en la sala. Así mismo llevó su vida, hasta que la atacó la senilidad y el Alzheimer. Ella dio un cambio que nos dejó pasmados, su memoria desapareció de a poco y nos trajo a una desconocida, para nuestro asombro.

Era maestra de las que se hacen ellas solas.
Sus alumnos salían derechitos como bólidos
al segundo grado. Del vocabulario con el que
educó a muchos en su escuelita paga, que
dirigió por tantos años en nuestro pueblo,
no quedó ni la sombra de mi madrina. Dio
un cambio de sesenta grados. Cuando nos
dirigíamos a ella nos respondía con respuestas
tan inelegantes como para dejar a cualquiera
con la boca-abierta y muerto-de-la-risa. No
volvió a reconocernos, como tampoco la
reconocíamos nosotros a ella.
Volviendo a mi prima, creo que sí está
cambiando un poco. Ya sus conversaciones son
más rápidas, ahora me cuenta en un minuto lo
que se tardaba en diez. Presiento que la tarjeta
de larga distancia me va a rendir. Podremos
conversar acerca del pueblo y de nuestra niñez.

Monedas mágicas

Era un personaje mi tía que no era tía, pero era
la tía de todos.
Una virgen con su cesta de ilusiones en la
cabeza.
Vendía sin saber vender porque todos le
compraban.
Cobraba sin saber cobrar, midiendo todas las
monedas
sin equivocarse al dar un cambio.
Llevaba cuenta de todos los deudores por
nombre y por deuda.

La lotería era su única diversión
y a veces ella me invitaba y hasta me permitía
cantarla
yo, ¡feliz!
Recuerdo las fichas
minuciosamente ilustradas y con un brillo que
hacía sobresaltar la magia de algún anónimo
artista de pueblo.

Todas las mujeres las conocían de memoria y
respondían a coro:

¡El sol!
¡El que quema!
¡La luna!
¡La de los enamorados!
¡El sombrero!
¡Pa' tu cabeza!
¡Los tres clavos!
¡Con los que clavaron a Cristo!
¡El 33!
¡La edad de Cristo!
¡El bombillo!
¡Que se te prenda! Y se carcajeaban las mujeres
¡La pitahaya!
¡La que tienes entre las piernas!
En ese momento la mirada de mi tía y ¡zas! ¡Se
va pa' la casa!
y ahí se acababa mi felicidad.
Un día me robé la bolsa y saqué la bendita
ficha de la "Pitahaya"
y se jodieron todas las que la tenían en sus
cartones de lotería
pero yo, ¡feliz!

Mi tía, la tía de la cuadra se las arreglaba para
hacernos festines
aun cuando su cesta regresara llena y sin
monedas.

Libélula confiada

Lo sabrás cuando te piense,
en eso quedamos, ¡trato hecho!

Tu regalo, palabras que abrazan y me salvan del
limbo
han cruzado un sendero secreto y protegido,
soy transparente en tu presencia, libélula
confiada.

El mismo sol que calienta y no abandona tu
piel será nuestro.
Los besos que quieres darme llegarán por
correo
con la esperanza saldada en que tus brazos
lleguen primero.

Hijo

Y yo pensaba que mi hijo era diferente
el que comenzó a no limpiar su cuarto,
a dejar la cama desordenada
y a colocar el *conferter* encima
del desastre escondido.
El que se vestía con la ropa de ir a la escuela al día siguiente
para no tener que levantarse tan temprano.

Y yo pensaba que mi hijo era diferente.

Ese muchacho que dejaba los sándwiches
en su bolso hasta que se encontraban
en estado de donación para un
laboratorio de antibióticos.
Ese que organizaba las fiestas en nuestra casa
al instante de saber que me ausentaría de vacaciones.
Aquel que se escapaba por la ventana
del cuarto para tomarse una cerveza con los amigos
o iniciar el ceremonioso aprendizaje del cigarrillo.

Yo pensaba que mi hijo era diferente.
¿Mi hijo? ¡No, mi hijo no!

Mi hijo es diferente
El que se robaba las llaves del carro
para llenarlo de amigos y demostrar
su habilidad en el volante.
Según tú, mi hijo es diferente al tuyo.
El único del barrio que no escuchaba consejos.

Yo pensaba que mi hijo era el único
que conducía con cervezas encima
El único que se fumaba su pito de marihuana
El único que trabajaba durante la semana para
gastarlo al final con los amigos.

Y yo muy creída porque tenía el único hijo
diferente.

Escuchándolos contarse las travesuras
me entró un fresquito saber que no tengo un hijo
perfecto
ni único
¡qué alivio!
¡Mi hijo se parece al tuyo!

Mi padre el espejo

Papá era un viejo de pocas palabras
nunca me dijo que me amaba
pero el día de su muerte alcancé a confirmar
el tamaño de su amor.

La distancia siempre se interpuso entre los dos.
Cómo no iba a quererlo si solo tengo que
mirarme al espejo.

Mi padre tuvo tanto miedo de que lo olvidara
que no le quedó más remedio que hacerme
contar las fiestas de cumpleaños
con los aniversarios de su partida.

Trompo de gozo

Aquel que inspira es el amor de mi vida. El mismo que me despierta ausente, que me incita llanto de amor y gozo, que me provoca y desafía. Es ese que con su palabra me calma y me deja ser. Está en mí y me permite despertar del letargo. El amor de mi vida es ese que me da energía, me saca el llanto, ciega mi visión, remueve mis adentros, me da entendimiento y logra llenar de calma mi espíritu. Pocas veces me apaga la esperanza, aunque siempre toca la melodía de la paz.

La bendita imperfección

Es cierto que hablas demasiado y yo me niego
a escucharte porque son fanfarronerías que
no te las crees tú mismo. Eres un patiquín
insoportable, don perfecto cara linda. Y
quizá yo sea igual cuando creo que soy fiel
a mis ideas, disculpa. Y si no fuera porque
entre tus palabras también hay primaveras
y veranos y que tus convencimientos son
genuinos saltos al vacío por los que darías la
vida, debo reconocerlo, ya te habría sacado
definitivamente del camino que transito.
Odio tanto como amo que me conozcas bien,
varía según la discusión. También me molesta
algunas veces que sepas tocar con palabras
puertas ya no tan secretas, que lo que antes era
milagro ahora alcance el estatus de tradición.
Está probado que no eres perfecto, pero a veces
no importa porque yo tampoco lo soy, aunque
me lo digas durante los momentos en que me
convierto en orquídea o mazorca entre tus
dientes.

Un piropo no hace daño

Nunca se deja de ser inmigrante.
A lo sumo, terminamos partiéndonos en dos.
La cabeza se queda allá lejos
jugando al pretérito o a un futuro envolatado.
Aquí aguardan los pies y una mano al menos
que administra el dinero.

Unos aprenden el idioma, pero no su adecuada
pronunciación.
Otros consiguen empleo en el gobierno
con eso de los cupos de minorías visibles.
Y es que toda buena noticia tiene su lado.
A mí, por ejemplo, me dieron un pasaporte de
aquí pero el nombre me delata
las dudas entonces caen con las palabras.

¿Me hice inmigrante acaso por amor?, ¿por
casualidad?
Por necia.

A veces pienso en las palabras que algunos
tiraban al suelo:
¡Flaca con un hueso tuyo me haría un llavero!

Pero eso fue antes, allá donde se quedaron las orejas y su entremedio.

¡Si cocina como camina, me le como hasta la olla!

Aquí no escuchamos más que el grito pedestre de un mudo

Porque ya sabes, lo denuncias al 911, no permitimos abusos.

Y si llego a marcar algún día espero que me envíen a uno de esos policías
¡tipo Tom Cruise!

A veces añoro las palabras al viento allá en mi pueblo.

Alambrito

Me traigo esos añorados recuerdos que
estremecen el llanto.
Melcochas y torrejas espolvoreadas de azúcar,
tu recuerdo.
Muy cautivada por la inteligencia y astucia que
te trajiste de la niñez prematura,
porque arreglas todo con un alambrito, nada se
te escapa.

Estuviste a mi lado. Recuerdo la queja de lo
maltrecho que sentías mi lecho. ¿Tienes un
carrete de hilo?, preguntaste. Y este rodó por el
suelo de una esquina a la otra. ¿Ves? es solo el
desnivel.

Te voy a conseguir un alambrito para que
arregles estos recuerdos que duelen.

Esnobol

Nieva cuando te pienso.
Y es que no había visto tanta nieve en abril con tu
promesa de venir a conocerla.
De nevadas tengo suficiente.

Y de tormentas también, pequeño hombre
tropical,
herencia de conquistadores.
Te llueven las defensas tanto como las excusas
vanas:
no fue tu intención, él es así, es tu estilo, me dicen,
el humano se equivoca, el dinero jode y el poder
corrompe.
Adiós.

No fuiste la persona que vi en mis sueños,
llorando
¿camino al arrepentimiento?
De rodillas hablabas con Dios
leías a Neruda
te vi frágil, sonreíste, extendiste los brazos
asegurando que me esperabas.
Quizá fue cierto.
Ya no importa, mayo promete sol.

Nunca pidas con insistencia

Con un beso se despidió de su pequeño amor, *ciao* mi niño, te quiero mucho. Ella se quedó en la escuela y el niño en mis brazos. Las horas pasaron, no muchas. Y sí, el día era más caluroso que de costumbre. Quizá por eso el timbre del teléfono sonaba apurado. Levanto, escucho una solicitud perentoria para ir al hospital. ¿Qué? Ella se desmayó, venga de inmediato.

Entré y allí estaba, desnuda y fría. Recuerdo el dolor en mis rodillas, deseos de ocupar su lugar, de hundir mis uñas en el piso, abrir un precipicio.

¿Por qué no fui yo?

Sus órganos,
donación,
me negué.

No pensé en el adiós y sí que regresaría de su sueño, pero no.

La ayudé a partir.
De su cuerpo salían ganchos, tentáculos de un pulpo.
Le regalé mi vestido cantándole una serenata en privado, ella y yo, desapareciendo ese olor a cloroformo que secaba esta tormenta.
Dios te bendiga, mi despedida.

Lluvia para el jardín

Quiero decirle a la tristeza que no se cruce
en mi camino, que si decide visitarme que
recuerde que esta no es su casa.

Quiero decirle a la tristeza que estoy alegre, que
se largue, que solo es lluvia lo que cae.

Lo digo y lo repito, tristeza, me alegra verte,
conocerte hoy y, aunque de vez en cuando
te apareces, es porque soy buena contigo y te
dejo entrar como desahogo. Ya ves que soy leal.

Ya que sabes que soy tu amiga, por favor,
aléjate que me haces daño, tómate unas
vacaciones a mi nombre. Y si regresas, no
traigas más que lluvia para el jardín.

¡Al carajo los enfermos!

Las mismas palabras
«Sigue lo que el corazón te dicte»
Y me pregunto
¿lo haré de nuevo?
¿qué tal si no está bien?
¿Otra equivocación?
¡No lo sé!
¿Entonces?
¿Sigues al corazón, al estómago o a la cabeza?
¿Razonas?
¿Restringes tus sentimientos?
¿Te tomas un tecito de camomila?
¿O desbordas tus sentimientos
y eres feliz por un rato, un día, un año, toda
una vida?

Raciocinio, ¿dónde estás?
Romanticismo, ¿qué haces aquí?
Sentimientos, ¿por qué llegaron?
No sé, ¡estoy contenta!
alegre, puedo decir ¡feliz!

¡Hoy estoy viva!
¡Al carajo los enfermos!

Agujeros en la tela

Me traigo cosas del pasado, pero vivo en el presente. Palabras de mi madre.
Cuando salgas a la calle, te me vas arregladita, nunca sabes cuando vas a encontrarte al productor de cine que te busca, o al futuro marido y no quieres que te encuentren desgreñada.
Tampoco salgas a la calle sin revisar tus pantaletas, no vayan a tener agujeritos y por mala suerte tengas un accidente y pares en el hospital. ¡Qué vergüenza con el doctor de guardia que te las encuentre rotas!

Sigo al pie de la letra los buenos consejos de mamá.

Pueblerina aprendida, me saqué la lotería; me traje la mecedora y el chinchorro.
Me las puedo arreglar para conseguir a ese productor de cine cuando quiera. Y eso de las pantaletas, tengo colección para impresionar doctores, y de pronto al cura que me dé la última bendición, por si el accidente es grave.
La sabiduría de mi madre no tiene fin.

El radio grita

Hoy me duele la vida y te voy a contar por qué. Vengo de un pueblo pequeño del que arrastro recuerdos preciosos como este en el que me balanceaba todas las tardes sobre una mecedora en una calzada de cemento. De un pequeño radio en el ventanal escuchaba música. Sucede que la vidriera vibraba si al radiecito se le subía el volumen. Me pone melancólica y me trae un dolorcito, a pesar de tantos años, recordar aquellas canciones que aprendí en la mecedora.

Hoy me duele la vida por los recuerdos. Cambié de lugar para crecer de forma acelerada y colocarme sostenes con relleno para conseguir un empleo.

Y hoy me duele la vida de nuevo y no por lo de acelerar la edad y aparentar tener algo de lo que carecía, sino que me duele por eso de la manera en que conseguí el empleo y logré engañarlos a ellos, pero no a mí.

Cambié el rumbo y he llenado cántaros con lágrimas. ¿Habría cambiado algo no haberme movido de mi mecedora?

Me fui de allí y me duele la vida, porque ahora no es solo la mía. Y aunque me gusta esta libertad, esta fortaleza y el control que tengo de mis movimientos, me digo a mí misma que no están tan malos mis dolores.

Mi amiga la testadura

Escuché lágrimas
que sequé en tu boca.
Te sentí el dolor de cerca
observo, pregunto
¿Dónde te pongo que no te rompas?
Me angustia verte la locura

Apoyo es mi capital, amiga
volver a recibirte
agobiada, triste en la oscuridad
mientras cambias de piel

La paliza tiene nombre de muerto
y yo quiero que te la saques debajo de las ropas
para dejar entrar la luz en ese rincón inhóspito
al que tú misma no has podido volver.
Me asustan ciertas decisiones.

¿Qué puedo decirte, amiga?
golondrina sin descanso,
mis palabras en el aire, débiles frente al
cautiverio ajeno no hacen más que dejar sin
efecto estos razonamientos desatinados.

El sol y la luna se turnaban para traerme
tu cara desfigurada.
Egoísmo el mío creyendo que mi dolor de
referencia superaba el tuyo de cuerpo presente.

No quedó brillo en sus ojos

Su piel pétalo marchito
su pelo en el desagüe
en números impares
postura encorvada, recogiendo lágrimas
perdidas.

No hubo eco
solo razones de sábila.
Y yo, momia, a su lado
sin decir nada
al león frente a la ola de un mar equivocado.

Los cristales se asoman a mis ojos
cuando la recuerdo.
Mi amigota, descansa en paz.

Aliada

A la guitarra mensajera se le rompen las notas
y se le entretejen traiciones.
Obediente, suelta hojuelas, burbujas y gotas.
Que ya calle, que la entienda.
Se le hace pesada esa tumba sin cementerio.
Sus cuerdas trotan, forzadas a mentir.

Paseo de tonos que chillan y revientan,
añoranza y manojo de suspiros que no
entienden el mensaje,
¡pendeja yo!

Cuerdas de telar de arañas,
contaban engaños camuflados.
No capté, ¡pendeja doble!

Melodías solitarias, guitarra amiga,
cartas a la dirección equivocada.

Momento preciso

No es el momento oportuno para llamar al amor
hay desconfianza, existen obstáculos, nada se
acepta.
Se nos vino un ventarrón que repicó las campanas
Te llamaron
a mí también.

Si se te aligeran esas tristezas
¿quién dice que no es el momento?
Yo digo que es tiempo de quedarme en ti.

Estoy de guardián, en silencio, secreto sublime
que pides
tesoro de fuerzas escondido
no sabías de ello
y aún piensas, no es el momento preciso
para cerrar los libros, pasar los folios
romper tabúes y rodar lo que tenemos
que sabe a pomarrosa como tus labios.

¿Detenerlo? no me da la puta gana, no quiero.
¿Pensarlo, calcularlo?
No me afano, río.

Danzamos a lugares ocultos sin pensarlo
El tiempo se desliza a la realidad de lo que es,
Se detiene y sabemos saborear manjares.

Respiramos el miedo de perder el camino
avanzado
que más que un gozo, es un sabor espiritual
Yo existo, tú solo estás.

Me vi en el río cristalino allá abajo
volamos lejos para encontrarnos.
Pueblos formados de dos, tres, quizás cuatro
calles.
Buscábamos algo que ya teníamos, pero surgió
otra calle
y hoy tengo miedo a la fugacidad.

Adueñarse del mar

Estarán esperando su llegada, contaba triste
aquí, me quedaré en silencio
sollozando por no verla más.
Sentimientos obstinados.

Desafió caminos de malezas y espinas
Nadie le diga que es tarde para volver a
empezar, aunque los adentros tiemblen.

Hoy pasó la tormenta y
aunque queda el cansancio
continúa la obstinación
desafiando quimeras,
afrontando la batalla
que tumba y levanta
que sacude y calma

Que nadie se atreva a decir que es tarde para
empezar de nuevo
¡porque no!,
hay que seguir la corriente en baile de sirena,
ser dueña del mar.

Al final, colocar la arcilla al centro de la rueda
de moldear, pateando fuerte,
desapareciendo los dedos en ella hasta vencer la
amorfia.
Fuerza y temblor calman la espera, nutren de
recuerdos el futuro.

En alcanzar el vinagre para curar el roto del
raku y aprender que entre penas, tristezas y
locuras también se llega a la felicidad.

Mis sabores en ti

Quiero ser esa luciérnaga silenciosa
esconderme rápido como picaflor
que sin pretender ocuparlo todo
llega y se larga sin decir adiós,
aguja rápida de reloj.

Recuerda estos sabores que todavía caminan solos
frescos los labios en mi cuerpo.
Dirás, valió la pena el riesgo.

Pasa el pañuelo sobre las tristezas que se asomen

Desear que la vida se muestre ante ti sin dolores
sería mucho pedir, siempre será un caluroso
tormento
atento al murmullo de abejas que hablan sin que
entiendas
lo que fueron tus pasos frenados,
infundados solo por miedos sin razón.

Esperanza, bella ilusión
Algo propio, algo mío, algo tuyo

Nadie podrá robarme la memoria encendida
voy a ser sombra y huella irreemplazable
acompañarte hasta que me sigas a
donde no estoy.

¡Feliz viaje!

Ayer me jalaron las orejas y todavía me pregunto
¿qué hice de malo?
Se llevan a un ser humano para la esclavitud
moderna,
Early birds le dicen allá y aquí.

Le ofrecen precios dulces
funciona.
Le dicen "ven, necesitas dinero"
lo ofrecemos,
tu futuro,
tus hijos,
ven,
ven

Me doy cuenta del engaño,
del interés desfachatado,
riesgo,
ayuda blanda.
¿Preguntaste si podía?
Claro que no, no es importante
Lo que importa es que venga.

Yo insisto,
pregunto,
consulto
de la mejor manera,
explico,
no puedes,
no debes

Se alborota la elite,
¡al paredón!
me acusan de pretender,
amenazan mi puesto
y me ofenden
a veces

¡Feliz viaje!

El café

Me prohibieron el café y en el mismo sitio caí de culo. Traté de comprender cómo es que es malo para el corazón. Me resisto a creerlo, ¿cómo piensa este que no voy a volver a tomar café?
si lo conocí en un café, salíamos para un café, discutimos muchas veces en un café, nuestras cenas se cerraban con un café, nos alcanzaban las auroras saboreando café. Un café fue muchas veces la excusa para la reconciliación. Cómo voy a despertar sin ese olor.

Dejaré en el testamento una cláusula autorizando que vengan a despedirme ¡y que se sirva café, no joda!

Bolsitas de arcoíris

¿Qué llevan esas bolsitas de cada quién?

Lo que pueden

Lo que consiguen
Lo que les dan
Lo que compran
Lo que les prestan
Lo que trafican
Lo que roban
Lo que sobra de los otros
resolver.

Vaciarla en el ritual del círculo es la aventura
pero no alcanzó para todos
no sobró.

¿Qué hacer?
Regresar por más
¿Más de qué?
De oportunidades
para llenarla de nuevo
con lo que caiga.

Gajes del oficio

Nos traen sus peos y nos los dejan para que los
resolvamos.

Unos llegan corteses y amables;
otros, groseros, frustrados, acusadores;
algunos, hasta violentos, exigentes,
también deprimidos.
Todos nos caen con sus miedos.

¿Qué haces?
Te llenas de la paciencia que te caracteriza
y escuchas.

El otro día saludé con mi mejor cara al cliente
y sin más, me comienza a insultar, se pone a la
defensiva,
y me mete un grito en los oídos.
¿Y a este qué le pasó?
Los ojos se me pusieron como dos huevos fritos.

¿Qué haces?
¿Le regresas sus peos y le formas otro?
¿O te decides a resolverle el que te traen?

Pones en práctica tu experiencia de escuchar
peos y miras cuál fue el que te formaron.
A veces cuesta trabajo entender que tú no eres
el peo o su peo.
Te decides a escuchar y de paso buscarle
solución antes de que se te vuelva un señor peo
o que te formen otro.

Los inventos del siglo

Pasé muchas tristezas en mis *teens*,
era larga y flaca como vela de comunión.
En las fiestas no me sacaban a bailar
por lo flaca y larga.

Y de paso ¡sin tetas!
A esa edad ya todas mis amigas usaban sostén
menos yo.

Las tetas en mi casa las heredó mi hermana
¡ella sí las tenía grandes y saludables!

A ella sí la sacaban a la pista
Yo terminé perdiendo el miedo a bailar sola
A mi hermana sí la cortejaban los muchachos
mientras yo seguía larga, flaca y sin tetas.

Era cuestión de tiempo que concluyera lo
inevitable,
comprar un sostén con relleno
¡la panacea a mi tristeza!

Como tenía uno solo,
el día que lo lavaba
me quedaba sin tetas.

Hoy, gracias a la providencia,
crecieron y aun me queda algo de ellas.
Lucen aún mejor con
el ¡fabuloso!,
¡inigualable!,
¡espectacular y maravilloso!
invento
del ¡*Push up*!

De la misma pila

De los años aquellos de cuando todo estaba
en su lugar recuerdo los dichos de la pila
porque con ellos podíamos llevar a las palabras
imágenes repugnantes y otras cómicas.
Recientemente se me vino a la cabeza una
imagen para etiquetarla con la pila y algo más.

"De la misma pila" de la basura comían el
hombre y el perro. No podría decir si eran
amigos. Incrédula, no pude apartarme de la
escena. Seguí el camino. Quise, no obstante,
cerciorarme que lo que estaba presenciando no
era mentira y allí todavía comían ellos dos, de
la misma pila de basura. El mejor amigo del
hombre, sin duda.

¿Se conocerán de antes o será este su primer
encuentro? Nunca lo sabré. Esto no es raro en
otras geografías, pero hoy lo vi en mi propio
terruño y me chocó.

Unos metros más adelante, una pila de policías
uniformados de kaki, con la consigna en letras

rojas "Él Vive" en la espalda unos y en el pecho otros, chismorreaban a carcajadas, ¡marica, allí te dan jugos, tortas, dulces y una platica, solo tienes que llevar el esqueleto!

Me hice la tonta y seguramente no me fue difícil. Seguí mi caminata hasta encontrarme con una cola interminable de personas mayores, sentadas en las aceras y en las escalinatas cercanas a la dependencia de pagos de pensiones por vejez. Y cosa extraña, una ambulancia esperaba para asistir al primero de la pila de viejos cuando comenzaran a caer.

Ya casi llegando a casa de mi prima, caminando, evitando ser arrollada por la pila de motocicletas, navegando entre carros y autobuses que no conocen de semáforos ni de peatones, nos encontramos lo que pensé sería la última cola para comprar el pan del día. Esta cadena humana se topaba con la del chino de la bodega, de quien me enteré vende los productos de primera necesidad, agregándole uno de los otros que no ha podido vender en el último año. Obliga a los clientes a comprar el vinagre, por ejemplo, diciéndoles: ¡si no me compran el vinagre o la lata de sardina o lo que sea, no les vendo la harina pan!

Me topé con mi prima en la cola del chino,
que por cierto le tomó su hora en saludar a
la pila de amigas de las colas del pan, y me
dijo: ¡ya estamos llegando, se acabaron las
colas! Muy equivocada estaba, faltaba la del
ascensor. En esta nos enteramos de los artículos
que habían conseguido y que no necesitaban,
pero con los que harían trueque. Allí también
nos enteramos a quienes habían atracado,
secuestrado o asesinado.

Subí al piso y al llegar a casa comencé con mi
práctica de yoga para digerir la pila de sucesos.

A veces pienso

A veces pienso
Que el amor es riqueza que reflejas
que exhibes en tus ojos
lo matizas con tus labios
y lo calmas con el contacto
de alguna acción
y entablando una acción de amor
se compromete tu horizonte
se comparte una esperanza y
se unen los miedos
en un solo valor

Mi conmigo

Amor, amor
¿Me lo regalas?
Lo recibo y gracias
¿Llegaste por mí?
No, llegué para mí
¿Estás triste por mí?
No, estoy triste por lo que siento en mí
¿Te hice daño?
No, me lo hice yo cuando te dejé entrar

La mala ortografía

Si dices que no tienes nada que contar, es
que escondes algo, o que no sabes escribir. El
atreverse cuesta. Si la historia de tu vida no
tiene sentido, es que no sabes que apenas acaba
de empezar y aún le resta un largo camino. Y si
me vuelves a decir que tienes poco que contar
o nada que escribir, imagino que tienes mala
ortografía.

De burros y lechugas

Ya no leo periódicos, tampoco veo noticias,
no respondo el teléfono antes de ir a la cama.
Regresé al hábito de leer un poco. Ahora me
levanto cantando.

Hace unos días el mundo se volteó al revés.
Leyendo aquí y allá me entero de que la Unión
Europea se descose por el *Brexit* y que el nuevo
presidente de los Estados Unidos es naranja.

Busco con desconfianza entre las noticias a ver
si le dan un premio al burro presidencial de
Venezuela por rediseñar el pensum escolar que
llevará al país al paraninfo intelectual este siglo
XXI.

He entrado en una etapa de negación en la que
no existen los televisores, ni los periódicos. El
internet y el teléfono también quedan fuera de
mi cuarto.

Solvento todas las ausencias con cuarenta
minutos de baile y un tecito de camomila con
lechuga bajo la almohada.

Antiguo reloj de arena

Te satisface tenerme unas horas.
Yo, al contrario, te quiero sin reloj
y beberte todo
aun cuando no sigas en el fondo del vaso.

La arena se escurre ajena
por entre la cintura del reloj.
Allí también voy, arrastrada,
buscando escapar de la sumisión.

Baile sin pareja

Me escondí del silencio
caminé en la sombra
sollocé en una boda
reí en un entierro
regresé a ningún camino
bebí en un vaso sin agua
sin alas, volé al cielo
presencié guerras sin causas

Concierto

Esta noche quiero dedicar el concierto a todas las personas que no vinieron. Muy agradecida con el gesto de todos, salir al escenario y no encontrar público. Por supuesto que me siento nerviosa frente al vacío. La primera canción siempre sale con temblores, luego tomo confianza y las próximas mejoran. Yo escogí las canciones pensando en cada uno de mis invitados. Recuerdo que también modernicé algunas que ni siquiera me gustaban. Lo hice para demostrarles cuánto los quiero.

A mi jefe, el que me llamaba *Doña Bárbara*, le dedico una que me hacía cantar casi a diario; y decía, *se le fue su amor, se le fue su querer, pobrecito*. ¿Y a este qué?, pensaba yo para mis adentros, ¿se le fue su amor? Así fue, luego supe que se divorció y se casó con la secretaria a quien, dos años más tarde, le regaló la viudez.

Mi padre tampoco vino. Su canción me quedó fatal porque me pareció un poco falsa, esa que me escribió en uno de los libritos que solíamos pedir a las personas más cercanas para que nos estamparan una dedicatoria o un buen augurio. La de él fue *que Dios te dé mucha vida, negra, y mucha felicidad.* Cómo me va a dar felicidad si él mismo me la quitó, apartándome de su vida y dejándome a la suerte. Ahora sé por qué no vino al concierto: temía levantar la cara frente a mí y saber que de todas formas lo amé.

A la canción de mi eterno admirador, el Chico, no hubo que cambiarle nada. Era una de esas canciones rockoleras que todos pretenden que no conocen hasta que cinco cervezas les aceitan la memoria. A mí sí que me gustan, las siento desde lo más recóndito. Con esas aprendí a sacar la voz y a enamorarme antes de conocer el amor. Todo esto para complacer a mi amigo Chico con esa ranchera *Mujeres divinas.* Me extraña mucho que no esté en el recital. Me daré cuenta, por sus amigos, que una novia (yo, según él) lo invitó a un concierto. Le complacía hablar de mí como su novia. A mí esa particularidad nunca me molestó; todos en algún momento de nuestras vidas atravesamos un amor imposible.

Uno de los músicos no vino, faltaron las quenas, flautas y zampoñas. Lo retuvo otra cita más importante, otro concierto fuera de la ciudad, fuera de sí.

Se por qué no asistieron mis suegros: muchas veces les negué la canción que pedían, con la excusa de no conocer bien la letra. Saqué la bendita *Cucaracha* en su forma original con un poco de Polka, para complacerlos. Ella, mi suegra, solía comentar que yo solo cantaba en mi idioma. ¿Para qué ir, decía, si es la única canción que conocemos? Pensaban que con comprar los boletos era suficiente. Nunca supo de mi nueva versión de *La Cucaracha.* Últimamente estaban ocupados con los asuntos del testamento.

Mi querida madre se conforma con verme por *Skype* desde casa. Me dijo recién: mija, la silla se me va a mover mucho en todo el concierto y no quiero que sea una interrupción para tus canciones. Cántame la que tú sabes que me gusta mucho, *Júrame.* Le dije: seguro mamita, y te juro que siempre te la voy a cantar, así como siempre seré tu *beje.*

A mi sobrina le dejé el boleto en la cama por si se animaba a venir. Los jóvenes se aburren con esas canciones de antaño, como las llaman. Antes de salir me dijo: tía, ¿tienes alguna de Menudo? Seguro que no, se contestó ella misma, seguro que tienes en tu lista las de Julio Jaramillo, Los Ángeles esos, ¿Blancos o Negros tía? Sonreí y me fui a lo mío.

Ni por nada del mundo se me hubiera olvidado enviarle una invitación a Doña Jesusa, siempre le gustó mi voz. Me levantaba el ego y me hacía sentir diva con sus halagos: ¡tú sí que cantas bien, acércate más al micrófono, no te lo dejes quitar, anda niña, que tú, sí que cantas bien! No sé qué pasó que no vino al concierto. Seguro que le nació otro biznieto o no se encontraba bien. Me hace falta por eso de la autoestima. Yo le tenía preparada Gracias a la vida.

Recibí una petición por escrito, una nota de un antiguo enamorado. Luego me lo dijo personalmente en las caminatas que dábamos cada día como quien busca un perdón que yo no estaba autorizada a dar. Eso sí, pagó por el boleto. La nota decía cántame la canción de Luis Mariano, no podré asistir para no buscarme un peo, como dices tú. Al menos el cobarde lo comunicó por escrito. La canción ya estaba incluida en mi repertorio.

El concierto salió muy bien, aunque sin audiencia.

La vida es bella

Se le ve feliz, y lo está, según él. De su boca salen
música y planes. Estabilidad es lo que necesita.
Despierta a veces del sueño, pero lo que ve no
le gusta: palabras bofas entre risas, la casa de
los amigos vacía y con llave. En tales casos es
preferible seguir durmiendo y soñar que no hay
necesidades.

Todo lo aleja de la realidad, es frágil, sensible,
inteligente. Llega a mi silla como los otros
buscando contacto. Gestos de un atormentado
entre paisajes que solo él conoce. Lo persiguen,
acechan, acusan. Escuchar es todo lo que se
puede ofrecer, informar y referir.

En dos días nos devolvieron al referido. Es
inhóspito. Nos informan que no es adaptable.
Es peligroso.
¿Esquizofrenia? ¿Estará loco?
¿Es todo lo que pueden hacer?, preguntamos
como tontas
Sí, es peligroso, no tenemos lugar para esa clase
de gente.
¿A qué clase de gente se refiere? No lo aclara.

Aun así, insistimos: ¿y una referencia?
Silencio.
¿Y algo privado? (qué pregunta tan pendeja la mía)
No tenemos
¿alguna ayuda para ofrecerle?
Nada
¿Pueden ayudarnos a referirlo?
No podemos
¿Pueden regresarle el dinero? Fue todo lo que trajo.
No podemos.

El otro día la escuché, a la misma que nos lo
trajo dando una entrevista en la radio,
y preferí continuar con Ratatui, mi película
favorita.

De nuevo es nuestro, otro humano que confía
¡Y de nuevo al ring!

Pensé después que ni se habían dado cuenta de
sus miradas al cielo
ni de las palabras no pronunciadas aunque abría
su boca con ademanes.

Ya habrá otra llamada.
Nos pusimos en el torneo extendido de pin pon
hasta que finalmente rompimos las bolas contra
la mesa.
Nos llamaron funcionarios del cielo.

Somos los enviados del gobierno y sí tenemos un lugar mejor donde podrá dormir y tendrá comida y un poco de paz.
Avancemos con cuidado, caminamos en cáscaras de huevo.

Transcurrieron los días y él muy obediente.

Mi colega entra con una nota en la punta de sus dedos.
¿Qué dice?, me apresuro.
Se va, se lo van a llevar.
¡Claro que no!
Sí, mira.
¡Que no!, ¡no se va!, no sin que lo escuchen.
Pero mira, esta es la fecha.
Me obligo a respirar profundo.

Acción. Llamar, pedir, buscar, escribir, preguntar, solicitar, rogar. ¿No se vale exigir? ¡Nop!
Hay que trabajar porque no vamos a perder este torneo de pin pon de información y referencia.
Somos campeonas, sabemos de Justicia.

Ven te voy a enseñar.
Primera regla: no te desanimes, son solo obstáculos, es todo.
Segunda: insiste, pide, delicadamente exige, pregunta con respuestas, es solo un juego.

Tercera: responde a todo.
Cuarta: sé positiva, mira, tiene un lugar, está feliz, tiene cobija, comida, doctor, escuela. Él confió, nosotras también.
Recuerda que los desafíos enseñan, forman el carácter y dan coraje.
¡Goool!

Alegría de nuevo, lo van a escuchar.
Frente a mi silla dice que está feliz y que sea lo que Dios quiera. Ellos saben, son sabios, ellos han estudiado para tomar decisiones justas, repite incesantemente.

No se equivocaron.
Lloramos de alegría.

Días después lo asistí en otro lugar, la última frontera al más allá. A él lo esperaban con ansias, listo para otro viaje de carnavales.
El oficial con su carta se relamía subiéndolo al avión, pero tuvo que comerse la rabia con el documento nuestro que era más bonito. Gritó, se puso rojo y por poco rompió el mesón.
Ajeno al inglés, mi cliente pregunta si le sucede algo al señor.
Te quiere felicitar, le digo, porque la vida es bella contigo.

Mi cárcel favorita

Para qué contarte que me paseo por un sitio
que no existe, escondida.
Las lágrimas regresan conmigo entre golpes a
los ojos. Tragando entero, continúo.

No darías con la foto, menos aún con la
película completa.

Caminantes anónimos, invisibles entre ellos,
asustados me sobresaltan a cada paso con
obscenidades, roces bruscos.

Se mueven por entre el espacio que liberan las
motocicletas. Alcanzo a sentirme como canario
en jaula.

Me uní a la pelea queriendo atravesar la acera.
Faltaban las capas rojas y las ovaciones del
público.

Entre la agresión perdí el oído que escuchaba.

Los de a pie y los de las máquinas, todos, y yo
misma, somos rabia, pequeños paquetes de
venganza.

Me quema, duele, camina por mi estómago y sube hasta mi azotea no sin provocar la lluvia para apagar el fuego.

Todo desfallece entre fantasmas y alucinaciones. Contando cruces en los ojos y lágrimas en el suelo, congojas, anhelos vagos sin esperanzas. Vendrán tiempos mejores cuando el tsunami de la locura se desvanezca.

Me pellizco y duele, pero no me engaño, se robaron mi país. Visité otro que dejaron en reemplazo, parecido.

Soy entonces un trompo mal lanzado.

A final de cuentas

Encontrar el amor
no el de su vida, parecido,
y dejarlo pasar de largo
por eso de las barreras:
la religión que juzga, aunque a veces cerremos
los ojos
la política que practicamos y a veces nos
hagamos los tontos
esa deformación profesional que a veces no
queremos ver
Uno + 1 igual adiós

El falso porte del buen amante

No sé de dónde apareció tanta galantería, pero terminó quedándose en esas lindas frases que algún día escuché. Las flores, por ejemplo, que dejabas en el buzón y las otras en el jardín o las llamadas a medianoche a mitad de sueño; o las visitas inesperadas. Ahora todo es recuerdo. Tus regalos, fueron escogidos y traídos especialmente para adornar mi belleza, según decías, para combinarlos con mi cabellera fascinante, mi piel sensual. ¡Exquisitas tus galanterías! Hasta practicabas el arte de la cocina, pretendiendo ser el chef, conocedor universal de los ingredientes de la buena mesa. Hasta llegué a creer que Nefertiti era un chiste a mi lado.

¿Qué sucedió? Lo que hiciste luego no lo tomé en cuenta, no fue más que una pantomima para cubrir la talla de los zapatos que no coordinaban con el porte. Con el tiempo, se me presentó otro ser que no conocía: orgulloso, arrogante, pretencioso por eso del estatus y la alcurnia, fotos repartidas en cada mesa de alguien que supongo no existía y a quien le debías lealtad.

Yo me voy a quedar con tu parte bonita, esa que sacaste hasta la fecha que te duró el escondite. Saqué de ti al romántico, amable, cortés, alegre y generoso caballero y así se quedará. No me hubiera molestado que tus zapatos fueran prestados.

Sofá caliente

No creas que no me doy cuenta, me dice.
Estoy consciente de que nos explotan, pero
no tenemos opción, sesenta y cuatro dólares al
mes. Estas palabras las he tenido en mi cabeza
desde la primera vez que visité la isla. Veo que
no tienen muchas opciones, y no solo ellos, hay
otros. No tenemos opción de empleos, opción
de comidas, opción de transporte, opción de
vestimenta.

Me siento muy cómoda en ese sitio de pocas
opciones y no me molesta, será porque puedo
irme de vuelta cuando quiera al lugar de las
opciones. No me agrada escuchar la palabra
pobrecito en boca de visitantes. No los veo
así, no lo son; están limitados, lo que no es
aceptable tampoco. Observarlos y escuchar sus
palabras, expresiones de frustración; incluso,
compartir temporalmente sus afujías, no nos da
el derecho para pobrecitarlos.

Cuando no les escuchaba sus conversaciones, me
sentaba horas a ver la calle pasar. Podía ver sus
expresiones y no me quedó la menor duda cada

vez descubrir que saben quiénes son, qué hacen y de qué son capaces. Quieren cambio, están llenos de esperanza, de ilusiones, de hambre de progreso. Como dicen mis amigos, nosotros no tenemos opciones, en este trabajo estamos mejor que en el anterior. Aquí yo me siento libre, hago mis obligaciones a mi tiempo y a mi gusto (me gusta lo de libre).

Lo que me lastimó el alma, de ese, su trabajo, fue saber que no tenían un sitio para dormir, no tenían un cuarto propio. Dormían en alguno que otro desocupado. Muy de seguido, los sacaban en la noche para traer a otro cliente. Entonces, se pasaban a dormir a alguno de los desocupados, incómodos y desagradables, sucios y manchados sofás. Ninguna privacidad. Estos sofás recibían todos los cuerpos hediondos. Ellos, muy tarde por las noches, colocaban sus caras donde se posaban los culos del día. Fue difícil aceptar este cuadro de inclemencia y abuso.

Escuché el bolero de uno decirme, amiga no se preocupe, estamos bien, no tenemos mucha opción y esta situación la hemos aceptado así, pero ya cambiará. Por ahora es una opción.

Por eso no los puedo llamar pobrecitos,
¿comprendes? Se levantan temprano, alegres,
con energía para pulir pisos, eliminar polvo,
lavar sábanas, sacar basura, responder llamadas,
atender visitantes, clientes, sacar cuentas,
resolver quejas, dar excusas ajenas, decir
mentiras, controlar el cansancio y sonreír.

Bienvenido a Venezuela

Nunca pasó por mi mente que hoy yo estaría
aquí cantando por mi país un canto que ya a ti te
acompañaba cuando hace un tiempo expresabas
un mensaje de conciencia y humanismo.

Con mi voz te acompañé llamándote amigo
mío. Era lo que yo creía
y hoy que mi país se hunde en el sufrimiento
tú te encuentras escondido.

Mi patria, mi Venezuela, país de recibimiento
ese que acogió a tanta gente, a tantos que en
sus cruzadas fueron buscando vida segura
huyéndole a la tortura o a la propia muerte.

Hoy te escondes y te callas
Te haces el ciego, el mudo
y no opinas. Se te olvidó la verdad
y te queda grande, muy grande esa palabra que
siempre lanzabas a gritos, "*Solidaridad*".

Eres de Chile, Bolivia o igual de Panamá
y mis hermanos te estorban,

Colombia, República Dominicana, Costa Rica.
Cómo te quejas cuando mi gente te llega, España,
Ecuador, Argentina.

¿Hermano?

¡La palabra te queda grande!
Hoy veo a mis hermanos, que sí lo son porque
son venezolanos y yo soy de la tierra del origen
de su desdicha.

Allá los veo por las calles,
en Ecuador y Perú
vendiendo sus arepas, cachitos, pastelitos,
empanadas
también una limonada, tisana o un cafecito
con leche, y algunos se quejan.
Pero todo esto es de travesía
y todo este mal, va a pasar
te lo aseguro, hermano venezolano.
Y aquí seguiré cantando, aunque me encuentre
hoy muy triste de esos amigos falsos.

Y te vas a regresar

a reconstruir tu país

Ejecutivo de colores

Pasea la arrogancia
nuevamente su poder,
salió el gusano
henchido de lo que come
Si lo rozo lo aplasto, pero temo por mis zapatos
Paso de largo, lo ignoro
Y como gusano, solo balbucea
Cuando se permite las palabras
poco se le entiende
En realidad, no sabe de qué hablar
Es un gusano vestido de gente
Pero a mí no me engaña
Es feo cuando espera y aun peor cuando palpita

El juego de contar números

¿Te he contado lo que hacemos?
Algo de lo que llaman "*Research*"
Y contamos números
¿Que cuántos llegaron?
¿Que desde cuándo están aquí?
¿Que cuántos somos y con cuántos alcanzamos
las estadísticas?
¿Y cuántos referidos?
¿Y cuántos continúan?
Ahora sumemos los días del mes
y sácame bien la cuenta.

Nunca sé dónde colocar las lágrimas
medir las angustias, archivar penas,
llevar un control exhaustivo de los miedos
o de las desilusiones.

Aprovecho el invierno para escribir en la nieve
y en el aire pesado de vahos
donde al menos puedo
consignar la data en algún lugar.

Se cuentan los ya contados
Se investiga lo investigado

aunque las cuentas nada sumen
y terminemos imprimiendo
un bello informe del círculo vicioso

Yo sigo contando:
Un administrador de empresas me llegó con una
escoba.
Una odontóloga cirujano consiguió trabajo en
Tim Horton.
Diseñadores, ingenieros entran en el turno de la
noche.
Profesores, farmaceutas vislumbran oportunidades
en el área de mantenimiento o de servicios
hoteleros.
Doctores, contadores logran puestos en la
vigilancia de una silla.

Todos duermen en la *data,* estudiando,
llenándose de diplomitas para tener más
oportunidades en un Costco; o de freidores de
papas; en un Wallmart o de distribuidores de
pizza.
Con buena suerte, quizás, conducirán un taxi
negro, de los del aeropuerto.

Y así yo sigo contando con cuántos cuento este
mes mientras allá siguen los analistas inventando
nuevas formas de escrutinio
para saber a cuántos más abrirles la puerta.

La cajita

Abrazaba su cajita sin tomar asiento. Le daba
vida a un tango en la sala de espera, "pasitos
pa'lante y pasitos pa'atrás". Me bastó pasar
a su lado y verla a los ojos para saber que la
cajita entre manos guardaba diamantes en
documentos, secretos atesorados. Tomé su
dolor y me detuve a bailar su tango. ¿Como
está? Pregunta pendeja la mía, podía verse
como estaba.
Tragaba entero. Buscaba entre las ideas palabras
que hablaran de su pena. Hablamos. En mi
pequeño cubículo abandonó el balanceo
porque no encontró espacio. Se sentó.

Colocó la cajita en mi mesita de bienvenida.
Me intrigó pensar en el contenido, aunque me
suponía lo que era. Escuché su pena atenta y
más a su cajita misteriosa. ¿Qué debo hacer?,
¿qué puedo hacer?, ¿está bien hecho?, ¿usted
qué cree?, ¿lo hice bien?, ¿está bien hecho?

Yo: qué bonito nombre, ¿lo pronuncio bien?
Despertó sonriente. No, me dijo. Saqué
preguntas hasta que logré un *yes*. El mío, digo,

creo que es fácil; me dicen que viene de África y que es un desierto en el Medio Oriente. Ella reacciona: ¡es un nombre bien bonito! Digo gracias mientras ella lo repetía en silencio con todos los labios.

¿Y qué traes en la cajita? Papeles. ¿La quieres abrir? Me observó un instante, luego la abrió. Nubes de letras rugían dentro. Las quiso sacar, pero me adelanté, ¿puedo? Saqué los asuntos y los organizamos en orden de angustia.
Pesaba menos.
Sonrió.

Un día virtuoso

Quiero quedarme en este día, no me pregunten por qué. Solo sé que quiero estar aquí e ignorar el mañana; ponerle un clavo al calendario que me lleva y trae a su antojo con la violencia de un tren en marcha, flamenco silencioso estancado, hoy pasos repetidos en mi almohada. No quiero espantar las sonrisas de este día y sí quizá puedan repetirse mañana, pero hoy, es hoy y son las que quiero.

Un placer verte

Me quedé pensando el otro día cómo
responderle a alguien que me saludó con un
hola cómo estás, y siguió de largo. Me provocó
detenerlo para decirle que la jornada había sido
de terror.

Podría haber estado triste, melancólica, alegre,
contenta, desconcertada, confundida, apenada,
irritada, disgustada, asustada y pensativa, y
¡va pa'largo! Pobre del que me pregunte. El
carajo logró escaparse. Todavía me tendría
contándole.

De todas formas, no creo que al saludar
debamos hacer esa pregunta. Se debe, por el
contrario, decir: *hola, un placer verte*, aunque
no lo sea.

Para que me devuelvan el dinero

Un día se me ocurrió hacerme la pregunta si
acaso tendría yo motivos para suicidarme.

Me asustó un poco la pregunta y decidí escribir las
razones que tendría para hacerlo o para olvidarme
del asunto. Me pregunté también si tendría el
coraje suficiente. ¡Ni por el carajo, viejo!, no me
atrevería. Pero, ¿y si se me ocurre porque se me cae
la empalizá al suelo y quiero? Así que me puse a
buscar razones y terminé con una lista.

¿Y es que si no lo hice cuando me dejaron por
una talla 38, copa D?; ¿tampoco cuando me
"sacaron el mantel" con la mesa tendida porque
mi carro afeaba la fachada de una embajada
por lo viejo y notorio de uno que otro óxido?,
¿qué me voy yo, a estas alturas, a ponerme con
cómicas?

Claro que si tuviera un buen velorio con
bonche y todo quizá y me lo pienso porque
tampoco tendría que pelear con Bell Canada o
con la cara del cerdo mayor.

Porque todavía me falta ver a mis amigas que siguen dietas sin perder ni siquiera un kilo, confirmar el aumento de salario que nos ofrecieron hace años, asistir a la graduación de mi nieto, terminar de pagar la hipoteca, sonsacarme al tipo ese que me trae de cabeza, terminar de limpiar mis cuentas de correo electrónico, hacer lo mismo con mi closet y sacar los zapatos que no uso. Sin contar que todavía tengo que revisar mis escritos y escoger los que me gustaría publicar.

Y por último, creo que la razón más poderosa para no dar el paso al vacío es que quiero saber si es cierto que mis nuevos bombillos van a durar 27 años.

Cárcel para niños

La vi sentada en la sala de espera. Ven, pasa.
Compungida, comenzó: me llamo... soy de...
y tengo 25 años. Yo escuchaba la confusión
en sus palabras. Cara delgada, ojos caramelos,
muy tristes. Fingía tranquilidad. De tez
oscura, semblante amarillento. Algo muy
malo le sucede, me dije. Estoy esperando,
estoy preñada. Me alegré y sonreí, ella no. Yo
era estudiante, de esa forma escapé, escapé de
la decisión de otros y no puedo regresar, no
debo, era estudiante, ya no, ¡me tengo que ir!
Menuda y muy delgada. Y vienen dos, me dijo.
¿Dos bebés en vez de uno? Terminamos con la
ficha de registro.
¿Regreso cuándo? Mañana, le digo. Se llevó con
ella mi tranquilidad. ¡Corrí por ayuda!, médica
y legal. Más visitas, preguntas, llamadas, más
papeles, correos. Nos subimos en una montaña
rusa junto a los dos testigos agazapados entre
su vientre y mi pecho. En el hospital terminó la
ruta, detrás de una puerta con dos escoltas de
la agencia del servicio de fronteras, la temible
Agencia. ¡Es que esos tres eran peligrosos para el
país!

Ella era estudiante, muy "*petite*". Se los llevaron tan pronto cesaron los vómitos y los constantes tambores en la sien; con ella, los cómplices que escondía en la guarida. Ninguno de los tres conciliaba el sueño. En la cárcel no la pude ver, lloramos su suerte. Me envió un abrazo que todavía aprieta.

Se venció su tiempo de estadía y no hubo más dinero para la universidad. El miedo cundió en su cuerpo. Yo era estudiante, no he hecho nada malo, me faltan dos años para terminar, tengo miedo. Su voz despertó mis respuestas. Ella, la que era estudiante, recuperando su dignidad pisada, les respondió: ¡Ya basta!, ¡quiero regresar a mi país llevándome conmigo a mis secuaces!

Goteo

Caminamos rápido.
Entramos, seguimos y nos siguen,
Nos cuentan y avanzamos.
Llegadas y salidas en esos inmensos gallineros
Caminamos y nos caminan
Hay colas largas. Vamos al matadero me digo.
Me regreso a la granja, veo vacas, caballos y
hasta toros
que se mean cuando les colocan el hierro
caliente.
Caras largas esperan turno.
No se pase de esta línea, espere la llamada.
La cinta es roja, a veces amarilla
Pase. La espera acaba con el clic del sello
oficial.
¡Bienvenido!
¡Estoy a salvo!

Permiso

Comienzo a entender eso de jubilarse
ahora que se ven las canas.
Dejar atrás el cansancio, las penurias.
Todos los odios de una misma estirpe
me enredan la cabeza.
Necesito la distancia porque en ella
desaparecen las caras
y el camino, inminente, se detiene.
Busco ahora otras formas de volar.

Paranoias de mis pies

Salí corriendo hacia la nada
Con las manos vacías, llena de espinas y
comiéndome el estómago.
Pisaba cada color mis años. Cada paso hacia el
vacío, lágrimas.
Retenidas en los escalones, hoy, despedidas.
Con lo que pude llené la maleta.
La esperanza de regresar fue lo primero que
metí en ella
no mañana, claro, pero algún día antes de nunca.
Cuento peldaños coloridos que el artista le copió
al pavorreal, me regreso en sueños.
Tarareo el himno nacional como consuelo, ¡*la ley
respetando la virtud y honor!*
Despierto con acuarelas que comparan mis dos
soles, los de cada país.

Regresé de visita.
Bajé escalones de plumas que todavía mantienen
su color naranja, azul, amarillo y negro
los mismos que me reciben cuando entro o salgo
¿Me perdí? Retrocedí para cerciorarme de que
llegué al lugar deseado.

Los vi, estaban allí; escalones, el mismo zigzag,
agrupados como aguijones, brindando un saludo
a los que salen o a los que entran.
Besos, abrazos, llantos, risas, gritos que se
contienen en las gargantas
y los colores a mis pies me queman, confunden y
hunden;
me sacan, llaman, asustan, consuelan, suben y
bajan.
Mis pies se van pintados de negro, amarillo, azul
y naranja que ya no cambian,
En cuatro décadas, ¿será ésta mi última huella en
tu paleta de mezcla barnizada, amigo Soto?
Ayer me miré al espejo y descubrí las rayas en mis
ojos, estaban azules, naranjas, negras y amarillas.
Había lágrimas de colores deslizándose por
los tramos de mi rostro. Conté las gotas
preguntándome de cuál estaba saliendo o a cuál
estaba regresando. Y tarareo de nuevo, "*God keep
our land, glorious and free*".
Ver el final de tu pincel que me deje de una vez
por todas,
para no salir, y así, no tener que regresar, ¿a cuál?

www.ingramcontent.com/pod-product-compliance
Lightning Source LLC
Chambersburg PA
CBHW022039170626
46808CB00003B/1286

* 9 7 8 1 9 8 7 8 1 9 5 0 2 *